SCOOBY-DOO! et le CAS HEX

D'après le scénario télé
« Scooby-Doo and the Witch's Ghost »
de Davis Doi et Glenn Leopold

Adaptation de Gail Herman
Texte de Rick Copp et David Goodman
Texte français de Mariane Thomson

WORLDWIDE PUBLISHING

WB

MD

Les éditions Scholastic

Copyright © Hanna-Barbera, 1999.
SCOOBY-DOO et tous les personnages et éléments connexes sont
des marques déposées de Hanna-Barbera © 1999.
Copyright © Les éditions Scholastic, 1999, pour le texte français.
Tous droits réservés.
ISBN 0-439-98506-4
Titre original : Scooby-Doo! and the Hex Files.
Conception graphique de Peter Koblish.
Édition publiée par Les éditions Scholastic,
175, Hillmount Road, Markham (Ontario) L6C 1Z7

5 4 3 2 1   Imprimé au Canada   9 / 9 0 1 2 3 4 / 0

Scooby-Doo et la bande Mystère inc. sont en visite dans la petite ville d'Oakhaven, en Nouvelle-Angleterre. Ben Ravencroft, le célèbre auteur de livres policiers, les avait invités pour un séjour tranquille et paisible. Pourtant quand Scooby, Sammy, Véra, Freddy et Daphné arrivent, ils constatent que le petit village est loin d'être endormi. Les habitants de la ville ont organisé un Festival d'automne qui présente le groupe rock : Les Filles Hex. Oakhaven a l'allure d'une ville active et mouvementée, remplie de touristes.

Les touristes inondent Oakhaven pour y visiter son modèle de village puritain, vieux de

plusieurs siècles, construit par le maire et ses habitants. Il y a des maisons et des boutiques, un carré de citrouilles, un enclos à dindes, et même un fantôme! On dit que c'est Sarah Ravencroft, l'ancêtre de Ben Ravencroft, qui a été accusée de sorcellerie plusieurs siècles auparavant et qui hante le village, avec l'idée de se venger.

Scooby fend la foule, repère plusieurs poupées faites d'épis de maïs et se coiffe d'un minuscule chapeau de poupée. « Tout à fait à ta mesure », plaisante Sammy, au moment où le chapeau s'envole. Un rat des sables s'en saisit rapidement, puis disparaît dans un trou.

En un éclair, Scooby introduit sa tête dans le trou, lui aussi. Il enfonce ses dents dans quelque chose de dur... et en sort une vieille boucle rouillée.

« Ça ressemble à la boucle d'un soulier de puritain », dit le maire d'Oakhaven, en continuant son chemin.

« On a trouvé toutes sortes de choses quand on a déblayé cet endroit pour construire. »

Sammy met la boucle sur sa chaussure. « Faudrait chercher l'autre, dit-il à Scooby. Comme ça, j'aurai la paire! »

Comme Véra est intriguée par le fantôme de Sarah Ravencroft, Ben la ramène à sa propriété avec Freddy et Daphné pour leur montrer un portrait de son ancêtre. Il leur conte ensuite le métier qu'elle exerçait.

« Sarah n'était pas une sorcière, leur dit Ben. Elle était une *Wiccan,* une guérisseuse qui utilisait des forces naturelles pour guérir. Elle a tenu un journal qui pourrait prouver son innocence. Il aurait suffi que le maire trouve ce journal quand il a construit ce village, pour que notre famille soit innocentée des accusations qui lui ont été portées! »

Pendant ce temps-là, le maire emmène Sammy et Scooby dîner dans le meilleur restaurant de la ville. Le propriétaire, Jacques, leur apporte tous les mets qui se trouvent dans la cuisine. « Je n'ai jamais rien vu de pareil! », s'exclame Jacques quand il voit ces deux gloutons s'empiffrer de jambon, de haricots, de beefsteak et de frites — bref de tout ce qui figure au menu!

Il est tard quand ils finissent de manger. Sammy et Scooby se traînent dans les rues sombres et désertes, le ventre bedonnant et tendu jusqu'au sol. « Reut! Je ouafais mon rot! Rexcuse-moi » dit Scooby.

Un brouillard épais se répand, enveloppant les arbres. « On dirait qu'il n'y a personne ici! dit Sammy. Cet endroit me donne le frisson. »

Subitement, tout près, des pas retentissent avec un bruit sourd. Trois silhouettes floues sortent d'une allée. Sammy regarde du coin de l'œil et dit : « Les filles! » Il rentre sa bedaine, et Scooby prend un air fier de chien de concours.

« Salut! », disent les filles. Sammy sursaute. Leurs visages sont d'une pâleur macabre, et leurs dents aiguisées et pointues luisent sous la lune — comme des crocs!

« Ahhhhh! », hurle Sammy.

« Rouahhhhh! », hurle Scooby en décampant à toute vitesse.

« Je pense qu'on les a semées, Scoob », dit Sammy quelques moments plus tard. Après plusieurs dérapages, subitement décontenancés, ils s'arrêtent et se regardent l'un l'autre. Ils venaient juste de voir trois filles effrayantes, aux allures de sorcières, alors qu'un seul esprit soi-disant maléfique existait!

Tout à coup, un vent violent se met à souffler dans la rue et une sorcière flamboyante surgit du ciel. Son chapeau pointu s'agite et ses mains griffues se tendent vers eux. Elle dit en poussant des gémissements : « Cette ville va payer pour ce qu'elle m'a fait! »

La sorcière fait un grand geste, et des boules de feu s'échappent de ses ongles. « Sauve-qui-peut, Scoob! », crie Sammy, qui court déjà.

Sammy et Scooby arrivent au coin de la rue en courant et foncent dans le reste de la bande.

« Ouaftôme! », hurle Scooby.

« Ouaftôme? », répète Ben Ravencroft qui ne comprend pas.

Scooby étend ses bras pour imiter la sorcière et ricane d'une manière diabolique : « Ouasprit ouafraléfique! »

« Tu as vu l'esprit maléfique! », s'exclame Véra.

Sammy les ramène dans la rue déserte racontant sorcières et boules de feu. Véra fait clignoter sa lampe de poche et s'agenouille pour examiner le résidu répandu sur le sol. « Hum! dit-elle, des boules de feu... »

Subitement, une lamentation lugubre se répand dans la rue. Des lumières vertes, étranges, se mettent à clignoter au sommet des arbres. La bande se rapproche plus près... encore plus près... du bruit et des lumières pour arriver finalement à un terrain vague.

« Boink », dit Sammy. Il regarde les trois filles que Scooby et lui viennent juste de rencontrer et qui sont maintenant sur scène. « Les sorcières! »

« Attaquons, les copines! », crie l'une des filles, faisant sursauter de peur, Sammy et Scooby. « Détendez-vous, les amis, c'est seulement un groupe musical, explique Freddy en montrant les instruments. Ce sont Les Filles Hex! »

Le groupe se met à chanter. « Nous sommes Les Filles Hex pour vous ensorceler! » La queue de Scooby se met à danser, et Sammy se dandine. Quand la chanson est terminée, des étincelles envahissent la scène. « Dis donc, ça me rappelle les boules de feu », chuchote Freddy à Véra.

Finalement, les filles remarquent leurs spectateurs et sautent en bas de la scène. Elles se présentent comme étant Épine, la vedette, et ses accompagnatrices, Noirceur et Luna.

Les musiciennes semblent tellement louches que Freddy et Daphné décident de les suivre.

Ils entendent Épine dire aux autres, à un coin de rue : « Je vais accomplir le rituel. Mauvais rêves, petites sœurs! »

Quelques instants plus tard, Freddy et Daphné risquent un coup d'œil à l'intérieur d'un hangar et voient Épine qui se tient debout devant une table remplie d'herbes et de plantes. Elle écrase quelques fleurs dans un bol, et verse un liquide bizarre qu'elle mélange avec une brindille. Elle élève le bol en respirant profondément la potion.

« Si je n'en savais pas plus, je dirais que c'est une sorcière! », chuchote Daphné.

Pendant ce temps, Véra et les autres font aussi leur investigation. Ils trouvent, dans un entrepôt, un camion dont on vient juste d'arrêter le moteur. Ils voient le maire faire des livraisons mystérieuses à tous les commerçants de la ville. En un éclair, Véra fait le lien entre les indices. Elle et le reste de la bande tendent un piège à l'esprit maléfique et enfin, l'attrape!

« Papa ? », dit Épine. L'esprit maléfique n'est pas l'esprit de Sarah Ravencroft, ce n'est même pas un fantôme, c'est le père d'Épine, le propriétaire de la pharmacie d'Oakhaven. Le maire arrive ensuite avec d'autres commerçants et Jacques, le propriétaire du restaurant.

Ben Ravencroft, interloqué, croise du regard les habitants de la ville. Son ancêtre n'est pas coupable !

« Tout le monde est complice, explique Véra. Le camion a des fils qui font voler le fantôme et le père d'Épine utilise ses accessoires de mise en scène pour faire des boules de feu. Le fantôme attire les touristes, et ça fait marcher les affaires ! »

« Papa, je ne peux pas le croire! », s'exclame Épine.

Daphné, surprise, regarde Épine attentivement : « Vous voulez dire que vous ne saviez pas? »

« Les filles n'ont rien à voir dans cette affaire », lui répond vite le père d'Épine.

« Mais nous pensions que vous étiez des sorcières », dit Daphné.

« Nous faisons seulement semblant, intervint Noirceur. C'est un truquage pour notre groupe. »

Luna sourit d'un air narquois et montre ses faux crocs... en pleine gueule à Scooby!

Les Filles Hex sont tout simplement un groupe de rock? Daphné n'arrive pas à y croire!
« Mais nous avons vu Épine accomplir un rite de sorcellerie », dit-elle avec insistance.

Épine secoue la tête et dit : « J'utilisais seulement de la menthe pour adoucir mes cordes vocales. »

« Nous sommes un peu Wiccan, dit Luna. Mais Épine est vraiment une sorcière! »

Épine se met à rire : « Seulement sorcière à un sixième du sang, du côté de ma mère. »

« Hummm, Wiccan, se dit Véra. Comme l'était Sarah Ravencroft! Si seulement le journal de Sarah pouvait être trouvé, on pourrait prouver que l'ancêtre de Ben n'est pas une sorcière. »

Véra, plongée dans ses pensées, regarde par terre, et aperçoit la boucle sur le soulier de Sammy.

« Attends un peu! dit Véra. Peux-tu me montrer l'endroit exact où tu as trouvé cette boucle? »

Scooby enfouit son nez dans la terre et renifle le sentier qui le ramène au trou du rat des sables. « Ouafrici! », dit-il à tous.

« On veut trouver le journal de Sarah, dit Véra à Scooby. Tu dois creuser plus profondément. »

« Rheu-heu... »

« Alors qu'est-ce que tu dirais d'un Scooby Snax? Sept Scooby Snax? »

« Ouafcord! »

Véra lance les friandises en l'air. Scooby les attrape, les engouffre et commence à creuser.

Scooby creuse de plus en plus vite. Finalement, il sort du trou en tirant une vieille boîte.

Ben tombe à genoux devant cette boîte étrange. Tremblant de surexcitation, il ouvre la boîte.

Un livre s'y trouve, rempli de symboles mystérieux. Ben le serre entre ses mains. Son visage devient subitement noir et diabolique. Il dévisage la bande d'un air méprisant.

Il grogne d'une voix basse et méchante : « Sarah n'est pas une Wiccan et ce n'est pas son journal; c'est un livre de sorcellerie. Les vrais Wiccan ont emprisonné Sarah dans les pages, parce qu'elle était vraiment une sorcière! »

« Je vous ai joué un tour pour que vous m'aidiez à trouver ce journal, dit Ben à la bande. Et le faux fantôme, que les habitants de la ville ont inventé, y a certainement aussi contribué. »

Véra est stupéfaite. Ben a seulement prétendu être leur ami et en fait, il se moque éperdument d'innocenter le nom de sa famille.

« Bon, maintenant je vais briser le pouvoir de Sarah, dit Ben d'une voix caverneuse. Nous devons tous régner en souverain absolu... », et vite il lit un passage du livre : « Laissez le démon du passé, avec violence encore souffler. »

Le livre se met à flamboyer et Ben devient de plus en plus immense et de plus en plus puissant. Des éclairs jaillissent de ses ongles... projetant la bande à terre, transformant les habitants de la ville en puritains du passé, et ligotant Les Filles Hex à un poteau.

Sammy et Scooby jouent des pieds et des mains pour se libérer. « Attrapez le livre! », hurle Véra à Freddy et Daphné. Ils s'abattent tous sur Ben, mais il se libère. Il brandit un doigt tremblant, et un torrent de feu s'abat sur le sol, encerclant Véra, Daphné et Freddy.

« Vous ne vous en sortirez pas si facilement » menace Véra au moment même où Sammy apparaît, conduisant la camionnette Machine à mystères inc. à travers les flammes. Scooby ouvre les portes arrière et Véra et les autres s'y écroulent à l'intérieur.

« Nous devons récupérer ce livre avant que Ben ne puisse achever ses sortilèges », crie Véra. Mais Ben implore Sarah. Il incante : « Ténèbres redoutables, entendez mon cri. Ceux qui ne peuvent mourir, ramenez à la vie. »

Un éclair foudroyant frappe le sol qui se remue et se soulève comme un tremblement de terre. Les nuages se mettent à tourbillonner et forment une apparition hideuse. C'est l'esprit maléfique, Sarah Ravencroft!

Sarah lance un regard furieux vers Ben et dit d'une voix perçante : « Je punirai ce monde, et vous en même temps, pour m'avoir emprisonnée! »

En un éclair, elle capture Ben à l'intérieur d'une énorme boule de feu. Le livre tombe à terre, et Scooby et Sammy essaient de l'attraper.

Avec un petit rire sec et coléreux, la sorcière projette des flammes en direction de l'enclos à dindes. « Oiseau, fais ce que je te dis! », ordonne-t-elle à la dinde qui se met à grossir d'une manière effrayante. « Attrape-les! »

Mais Scooby et Sammy, enfilant en vitesse des habits de puritain, attaquent l'oiseau avec une énorme poire à jus de dinde et un bol de farce provenant de l'exposition du musée!

« Gorrr! » La dinde pousse des cris rauques et s'enfuit en courant.

Évitant les flammes, Véra court au devant de Scooby et chuchote : « J'ai une idée, mais nous avons quand même besoin de ce livre. »

« Nouaf! Ras question! », dit Scooby.

« Même pas pour une boîte de Scooby Snax? », ajoute Véra.

Scooby démarre immédiatement et attrape le livre. Mais la sorcière attrape Scooby!

Maintenant, c'est Sarah qui a le livre! « Relâche mon copain », crie Sammy en jetant un seau d'eau sur la sorcière. Éclaboussée, Sarah prend un air menaçant et glacé. Mais elle continue de maintenir Scooby.

« Hé! pourtant ça marchait bien dans *Le Magicien d'Oz* », dit Sammy à Scooby.

« Idiot! », hurle la sorcière. Lâchant finalement Scooby et le livre, elle essaie d'attraper Sammy. Mais effrayé, il jette le seau d'eau qui atterrit — Plouf! — en plein sur la tête de la sorcière.

« Ouafi! Ouafou! », crie Scooby en libérant son ami d'un seul coup, donnant ainsi à Sammy juste assez de temps pour étendre le bras et récupérer le livre.

Pendant que Sammy court vers le village puritain, Véra défait les liens des Filles Hex.

« Assez! », hurle la sorcière avec colère. Elle se débarrasse du seau d'eau et se met à lancer des éclairs coup après coup. Un éclair atteint le carré de citrouilles. Soudain, de simples citrouilles se transforment en monstres géants, avec des sourires morbides et affreux à voir. Ces monstres sont parsemés de tortueuses lianes qui se hissent comme des araignées autour de la bande.

« Attrape, Véra! », crie Sammy en lui lançant le livre.

Un autre choc secoue la terre. Les lianes s'avancent vers eux, emprisonnant Véra alors qu'elle attrape le livre. « Lis la malédiction! », dit-elle à Épine.

« T'es pas un peu cinglée? dit Épine. Je ne suis pas une sorcière! »

« Mais tu es en partie Wiccan », lui rappelle Véra.

Des boules de feu se mettent à exploser. Les lianes resserrent leur étreinte. La sorcière bondit... très près!

À toute vitesse, Épine lit : « Pour les méfaits que vous avez faits... »

Véra, avec inquiétude, regarde fixement Sarah qui se tient tout près.

« Sorcière, retourne d'où tu... »

Des doigts griffus couvrent le livre.

« Viens », termine Épine.

La malédiction fait son effet! Les hautes lianes qui s'accrochaient se dessèchent, les citrouilles retrouvent leur taille normale et la sorcière fait un bond en arrière, comme si elle avait été foudroyée. Elle se retourne pour courir, mais le livre de malédiction la rattrape et d'un seul coup, s'entrouvre et l'engouffre.

Elle hurle : « Je ne m'en irai pas seule », en allongeant le bras pour emporter Ben avec elle.

Très vite, la bande se met à libérer les habitants de la ville. « Oh! Papa! », dit Épine en étreignant son père.

« C'est un désastre! », gémit le maire, qui regarde le village puritain détruit par les retombées de boules de feu. « Plus de sorcière, plus de musée. Qu'allons-nous présenter pour notre Festival d'automne? »

Juste à ce moment là, la dinde géante arrive en se dandinant. Il fallait y penser! La plus grande dinde du monde attirera les touristes! Le père d'Épine et le maire se mettent à danser de joie.

Cette nuit-là, tout le monde danse au son de la musique des Filles Hex. Scooby se joint à elles en jouant de la batterie, et sur un air de rock, il joue Scooby-Dooby-Doo!